우의 버릇

우의 버릇

신모래 문장집

너는 가엾지 않아. 우리는 계속될 거야.

든해

들어가며

어딘가를 오래 걷고 있을 모든 우를 위해

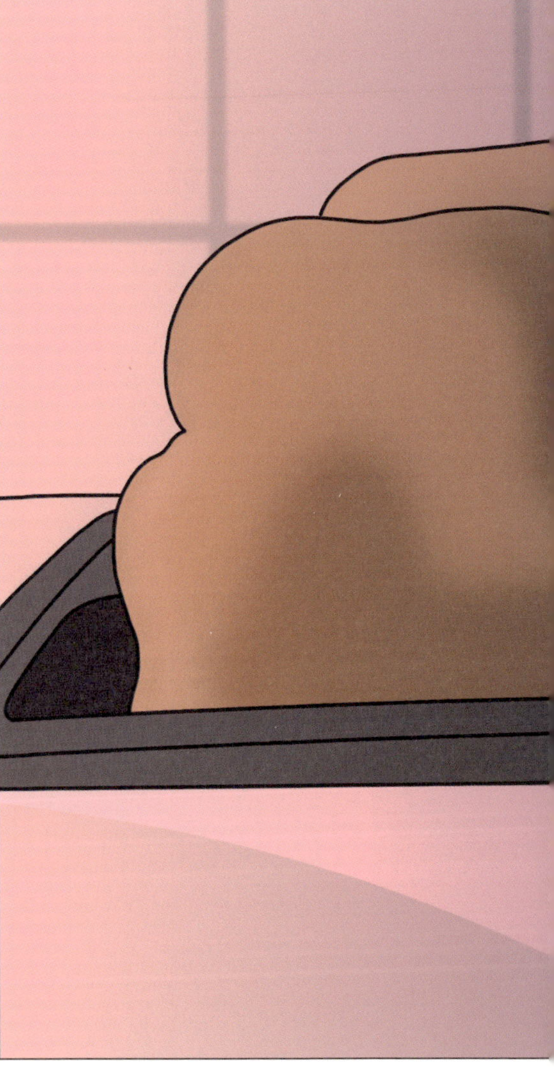

Chapter 1

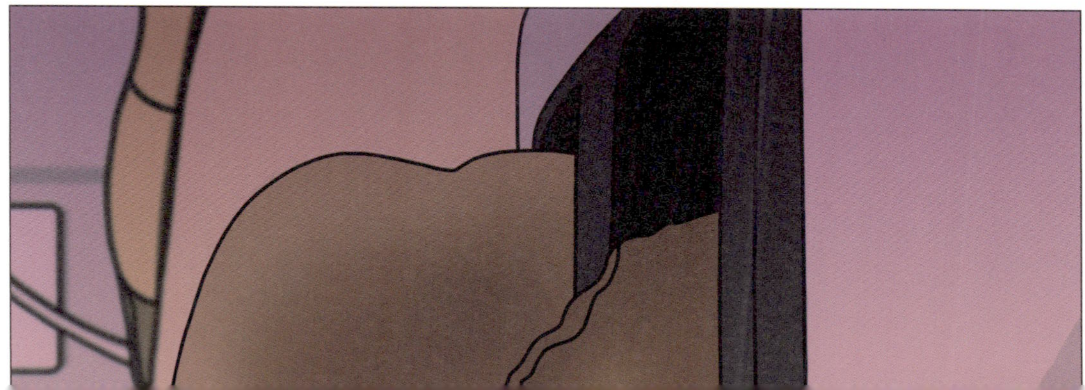

0

우야, 난 가엾지 않아.

나는 튼튼해.

그래도 태어나지 않았음 더 좋았을 거야.

아기는 알지 않아도 되는 많은 것들에서

분리됐음 좋았을 거야.

1

누운 나를 보고 우가 말했다.
"너 진짜 작다."

우는 산책을 마치고 돌아온 참이었다.
우가 입은 옷의 섬유에서 바다 냄새가 났다.
'우는 물 같아.' 나는 생각했다.
'아니면, 소금인가?' 또 생각했다.

"바닷가에 갔었니?"
"응. 갈매기가 없더라 오늘은."
우는 이렇게 말하고는 부엌으로 사라졌다.
부엌에서 딸깍- 하고 전기포트에

열을 올리는 소리가 들렸다.
그 소리가 왜 그렇게 크게 느껴졌는지 눈물이 날 것 같았다.

우는 내게 모든 걸 말하지는 않으니까
나는 우가 내는 소리 전부를 말처럼 들으려고 애썼다.
그래도 언제나 우가 내 이름을 불러주는 순간을 가장 기다렸다.

둘이 마실 차를 내어온 우가, 여전히 누워 있는 나를 보고 말했다.
"너 진짜 작구나."
우의 얼굴이 뜨거운 김에 가려 잘 보이지 않았다.

2

우는 꿈속에 두고 온 사람을 생각하고 있다.

그 긴 둑을 혼자 다 건넜을까?
곧 범람할 것 같이 거센 물을 보면서,
곁에서 갑자기 사라진 사람들을 떠올렸을까?

뭘 보러 간댔지, 노을이었나.
해가 물에 다 잠기는 것을 천천히 보겠다고
했었지.
아닌가 그냥 예정 없이 걷는다고 했었나,
아니야 노을을 보러 간댔어.

우는 옆에서 자는 나를 가만히 바라보다가
어깨를 두드려보기도 한다.
나는 깨어날 기미 없이 곤히 자고 있다.
우는 다시 꿈속의 사람을 생각한다.

그래, 노을을 보러 간댔어.
그 둑을 다 건너면 해가 지기 시작한다고.
그곳에 도착하면 머리칼도 손도 주황빛이
된다고.
"당신 머리칼은 유난히 얇으니 나부끼기도
하겠어요.
그 빛을 다 받으면 분명히 아름다울 거예요."

아침에 우가 나에게 이 이야기를 해주었을 때,
그 사람과 마저 걷기 위해 다시 잠에 들지
않은 것이 무척 '우'답다고 생각했다.

나 같으면 어떻게든 다시 자려고 애를 썼을
거야.
우에게 말하자 우는 이렇게 대답했다.

도착하고 싶지 않았을지도 몰라 나는.
끝끝내 그 사람과 그 둑을 다 건너고,
너무 짙은 노을을 함께 보고 나서는 어떻게
작별해야 할지 알 수 없어지잖아.
영원히 만나고 싶은 마음이 생겨날까 봐
나는 혼자 깨어난 거야.

나는 여기에 있어서 다행이다. 그치?
애, 나는 우리가 영영 사라질 때까지 같이
걸을 수 있어.
이 방이 다 비워지고 담요가 더 이상 우리
의 움직임으로 구겨지지 않을 때까지.
너를 떠올리고 나를 떠올릴 사람들이 모두
사라질 때까지.

우가 스스로를 비겁하다고 생각할까 봐
나는 길게 말을 덧붙였다.
우는 다만 웃으며 고개를 끄덕였다.
아아, 알 것 같아. 우야.
영원히 만나고 싶은 마음을 말야.

3

우가 고양이를 안으며 말했다.
따뜻하고 무거워. 심장은 엄청 빨리 뛰고
눈은 금방 울 것 같네.

그때는 입술을 있는 힘껏 꽉 깨물어야 겨우
속으로 넘어가는 것들뿐이었다.
내가 잘 걷다가도 도중 멈춰 입을 굳게
다물면 우는 가만히 기다려주었다.
그러다 내가 꿀-꺽 하고 무언갈,
눈에 보이지도 않는 그것을,
아주 쓰고 괴로운 약처럼 삼키고 나면 우가
주머니에서 사탕을 하나 꺼내어 까주었다.

우는 내가 삼키고 있는 게 무언지 잘 알고
있는 것 같았다.
어느날은 이런 말을 하기도 했으니까.

호흡을 일부러 길게 늘릴 수 있다는 게 신
기하지 않아?
의식하면 길-게 길게 호흡할 수 있다는 게
신기해.
실컷 들이마시고 모두 뱉어버리는 게 숨이
라니 이상하다.
네가 삼키는 게 숨 같은 거면 좋을 텐데.
네 안 어디에도 머물지 않고 바깥으로 전부
사라져 버리면 좋겠어.

우의 주머니에서 늘 바스락거리던 사탕 껍
질은
내 주머니에도 수북하게 채워져서
우리가 함께 걸으면
비닐 인간 둘이 걷는 듯이 우스운 소리가
났다.

바람이 불면 우리는 어떻게 돼?
하고 내가 묻자
우가 대답했다.

우린 그냥 계속 걸을 수 있지.
이 땅을 다 밟고서 원하는 곳에 도착할 거야.
우연히 실려 가지 않고 말야.

우가 곁에 있어 나는 계속되었다.
이곳에 도착할 때까지.

4

우가 말했다.

우리는 유령 같아. 한 번 죽은 애들 같아.
무게도 체온도 없는 것 같아.

좋은 거야 나쁜 거야?
우에게 물었다.

좋은 것도 나쁜 것도 아니지.
마음만은 남았으니까.

그날 밤 나는 우가 유령으로 이곳에 영원히

남는 꿈을 꿨다.

해가 잘 드는 방에서 우는 창밖을 보고 있고 우의 몸을 투과한 빛이 신기한 모양의 그림자를 벽에 남기고 있었다.
그림자는 때때로 천천히 움직이기도 했다.
물고기인가 싶은 것.
우는 늘 물을 보고 있었으니까, 마음이 물고기처럼 생겼나 보다 생각했다.

우는 유령이었지만 "우야." 하고 부르면 살아 있을 때와 같은 속도로 나를 향해 몸을 돌렸다.
이름을 불러주면 늘 고개만 돌아보지 않고 몸을 전부 향해버리는 우. 우는 이제 유령이었다.
우야 네가 유령이면 난 이제 어떡해? 무서워진 내가 물었다.
내가 묻자 우가 곧바로 대답했는데 소리가 들리진 않았다.

입을 오므렸다 다물기도 하고 다물었다가
도 크게 벌리며 우는 나의 물음에 대답했다.
우야 안 들려- 나는 네 말이 이제 안 들리나
봐- 하고 우에게 가려 하자 꿈에서 깨어났다.

내 곁의 우는 꿈속의 우처럼 창밖을 보고
있다.
어둡고 비워진 도로를, 엉성한 간격으로 띄
워놓은 희미한 가로등을.

"우야." 부르자 우는 우처럼 나를 향해 몸
을 돌린다.

너는 유령이야? 내가 묻고,
우가 대답한다.

나는 여기에 있어.

5

나의 작은 개인전이 열린 날이었다.

거기 있는 그림들 꼭 남이 그린 것 같더라.

내가 이렇게 말하자 우는,

나는 네가 그린 것 같아 좋았어.

너만이 그렇게 그릴 수 있어서 기뻤어.

라고 내 어깨를 잡고 말했다.

내가 그 말을 다 못 들을까 봐 염려하는 듯

우는 양손으로 나의 두 어깨를 꼭 잡았다.

100일 남짓 다녀온 적도 없는 바다를 상상

하며 그림을 그렸었다.

수면이 계속 멈추어 있는 주황빛 바다.

넘실대지도 밀려오지도 않는 정지한 바다.
아무것도 운동하는 것이 없는 나의 바다.

우리는 그림이 전시장에 걸리기 전까지 거
실에 바다 그림을 놔두었다.
협탁도 카펫도 모두 치운 텅 빈 거실에
오렌지빛 바다 하나가 완전히 멈춰 있었다.
아침이 되면 빵 두 개를 구워서 거실에서
먹었다.
우가 우려낸 찻김이 겨울 아침의 찬 공기에
그림 근처에서 물안개처럼 움직이는 걸 보
면서.
아침을 다 먹고 나면 그릇은 한쪽에 미뤄두
고 그대로 누워 잠을 더 자기도 했다.

누워서 그림을 보는 건 이상하네.
전시장에서도 사람들이 누워서
바다를 보면 좋겠다. 우가 말했다.
그러려면 바닥이 푹신해야 할걸?
내가 말했다.

푹신하면 되지. 귀여울 거야. 모두가 누워
서 그림을 본다면.

전시장에 바다 그림이 걸렸을 때 나는 무척
슬펐다.
여기에 두기 위해서 그림을 그렸던 건 아닌
가 봐.
그냥, 너랑 한없이 바라보기 위해서 그렸을
까?
우에게 물었다.

바닥이 푹신했다면 좋을 텐데. 우는 대답
대신 혼잣말을 했다.
그러게 말야. 내가 그린 게 아닌 것 같아.
내가 말했다.
그래도 아름다워. 너의 옮길 수 있는 바다.
우가 이번엔 나를 바라보며 말했다.

사람들이 들어오기 시작했고 우리는 서둘
러 공간을 빠져나갔다.

퇴장하며 잠시 뒤를 돌아보자 누군가 그림
앞에 서는 것이 보였다.

우리 다음의 사람인가-
우가 말했다.

6

주말마다 일하던 가게가 폐업하는 날 마지막 급여를 받은 후 우를 불렀다.
우는 내가 가게 집기를 정리하는 동안 내일이면 수거해 갈,
이제는 칠이 다 벗겨진 초록색 야외용 의자에 앉아 나를 기다렸다.

사장님과 어설프게 슬픈 마지막 인사를 나눈 후 바깥의 우를 불렀는데,
우는 쳇 베이커 영상을 보느라 내가 부르는 소리를 듣지 못했다고 했다.

우가 보던 것은 87년 도쿄에서의
'마이 퍼니 발렌타인' 라이브로
노인이 다 된 쳇 베이커의 얼굴에는 눈가며
입이며, 주름이 가득이었다.
스테이-리틀-발렌타인-
쳇 베이커는 몇 소절을 부르다가 색소폰을
연주했고, 세션은 어스름한 초록빛 조명을
받고 있었다.
색소폰 연주를 마치고 피아노가 리듬을 이
어야 할 때 그는 악기를 꼭 쥐고 고개를 까
닥이다가
연주가 잠잠해지면 다시 노래를 이어갔다.
우는 연주가 잦아드는 순간을 몇 번이고 돌
려보는 것 같았다.

나는 우가 영상을 다 볼 때까지 옆에 앉아
마지막 직원에게 주는 선물로 받은 동전 그
릇을 만지작거렸다.
손바닥만 한, 자갈을 반으로 가른 듯한 모양
의 동그랗고 질감이 보드라운 그릇이었다.

돌을 깎아 만든 건 아니었는데도 꼭 바다에
서 주워다 만든 것처럼 보였다.

모서리랄 것도 없는 그릇의 양 끝을 한참
만지작거리고 있자 우가 말했다.
이제 다 봤어. 피아노 연주자가 입은 목폴
라가 멋지더라.

근데 왜 그 부분을 여러 번 봤어? 연주가 줄
어들 때 노래를 다시 부르는 부분 말이야.
내가 물었다.

아아- 좋아서.
수면 위에 잠시 들렀다 잠영하는 돌고래 같
았어 모두가.
네가 예전에 그렸던 오렌지빛 바다 있잖아.
물결도 파도도 없는 바다. 그런 곳에 사는 고
래 같았어.
바깥에서 숨을 고르고 깊은 물속으로 들어
갈 때를 기다린 것처럼 보여서 좋았어.

고요해지기 시작하면 나는 노래를 부를 거라고 말하는 거 같아서.
늘 연주하고 노래를 부르는 사람인데도 그 연주에서 가장 조용한 순간을 고르고 있었다는 게.

나는 우의 손에 들려 있던 휴대폰을 대신 받아들고 동전 그릇을 쥐어주었다.
자갈이야? 우가 물었다.
그렇지? 내가 대답했다.
우리는 꼭 물에 사는 사람처럼 생각하네. 우가 말했다.

동전 그릇은 몇 년 후 이삿짐 더미에서 미끄러져 나와 바닥에 부딪혀 깨져버렸다.
짐을 옮겨주던 아저씨가 이렇게 말했다.
웬 돌을 가지고 있었어요?

그때 아주 오랜만에 우를 떠올렸다.

7

이 카펫의 무늬는 누워서 보니 아예 다르
군요
넙적한 바다 생선 같아요
그러나 제대로 보여주기 위해 날 일으키진
말아요
아직 꿈을 덜 꿨거든요

날 아낀다면
날 아낀다면
(쓰는 중 ...)

잠든 우의 메모장에 적혀 있던 것.

노래 가사인지 시인지 모르겠지만.

깨우지 않고 입고 있던 외투를 덮어주고는
거실로 나와 들어 본 기억 없는 멜로디를
혼자 흥얼거렸다.
시보다는 노래였음 좋겠다
우가 쓴 것.
소리로 들을 수 있는 거라면 좋겠어 우야.

그무렵 우는 말수가 줄어든 대신 글을 쓰는
시간이 늘어났다.
돌아보면 언제나 커피 테이블에 엎드려 무
언갈 쓰고 있었다.
나는 한동안 그런 우를 가만히 기다렸다.

우가 부르면 곧장 대답하기 위해서.
우가 언젠가 나에게 말해주었던 것처럼
여기에 있다고 소리내고 싶어서.

8

고양이의 털 사이로 손을 집어넣으면 '이런 게 모조리 사라진다니 이상하지' 싶어진다.
호흡이, 예민한 청력이, 사료를 급히 먹어 토했던 기억들이 세상에서 없어져버린다.
그럼 일순 모든 게, 손을 뻗어 닿는 모든 게 허공 같고 시늉 같다.

"아기 예수가 태어나 마구간의 여물통에 누워 있었다.
마리아는 그를 따뜻하게 하기 위해 여러 동물들에게 모여 달라고 부탁했으나,
모두 여물통이 작아 들어갈 수 없었다.

이때 그 안으로 들어간 동물이 태비 무늬를 가진 고양이었다.
마리아는 이에 감동해 고양이의 이마에 자신의 이름을 딴 M을 새겼다."
우가 멍하니 있는 내 옆에서 이런 글을 읽어주었다.

고양이 이마는 늘 따뜻해.
나는 아무런 대꾸도 하지 않았다.

우는 내 표정 하나가 영영 사라졌다고 했다. 그래서 몇 가지 질문을 하겠다고 하더니 의사 선생님처럼 나를 책상 맞은편에 앉혔다.

마지막으로 먹은 밥의 맛은 어땠나요?
길을 걸을 때 앞을 잘 보고 걷나요?
걷는 도중 갑자기 찬바람이 일면 화가 나나요, 아님 슬퍼지나요?
보고 싶은 사람을 떠올리면 웃을 수 있나요?
부르기 싫은 노래를 불러야 할 때 금방 눈물

이 날 것 같나요? 아님 아무렇지도 않나요?
어제 고른 섬유유연제의 향기는 어떨 것 같
나요?
좋아하는 사람의 손을 잡고 싶나요?
가여운 사람에겐 무엇이든 이야기해 줄 수
있을 것 같나요?

내가 대답했다.
우야, 나는 모르겠어.
우가 말했다.
응. 괜찮아.

창밖의 하늘은 흐리고 구름은 평소보다도
더 멀리 있는 것처럼 보였다.

9

( )에게

오늘 하루는 어땠어?
지난주에, 내가 긴 산책을 마치고 돌아왔을
때 말야.
나는 침대 위의 네가 너무 작다고 생각했어.
꿈에서 다 빠져나오지 못한 얼굴로 너무 오
래 누워 있어서 몸집이 줄어들었나─ 그랬어.

우리는 너무 많은 꿈을 꾸고 있는 걸까?
다른 사람들보다 더.
그래도 우리는 우리 말고 다른 이에게 뭘

묻는 일이 없지?
너는 나에게, 나는 너에게 물어.

오늘 산책에서는 갈매기를 봤어.
가로등 위에 올라앉아 졸고 있더라고.
물가에서 잘 자는 게 꼭 너 같아서 웃음이
났어.
그러다가도 금세 날개를 펴고 날아가는 게
멋있더라.
어떻게 나는지 안다는 건 그런 걸까?

너는 기억만으로 살아낼 수 있다고 했었지.
사실 난 잘 모르겠어.
서글프지 않을까 생각하다가도 너를 기억
하는 나를 상상하면,
오래오래 아주 오래 괜찮을 것 같기도 해.

너는 너를 못 봤지.
그림을 그리는 옆모습, 개미를 피하느라
언제나 숙여진 고개,

고양이를 쓰다듬을 때의 가없는 미소,
멍하니 생각에 잠기는 얼굴,
불안할 때면 빨라지는 걸음, 아주 작은 컵
도 두 손으로 쥐고 마시는 버릇

널 보여주고 싶다고 생각해.
너도 너를 보면 나처럼 널 사랑할 거야.
내가 나를 보는 것과 같이.

지금 잠에서 막 깨어난 네가 나를 부르고
있어.
이 편지를 언제 읽게 될까 생각하면 들뜨네.
그럼 이만 안녕.

– 너의 우가

10

처음으로 우 없이 여행을 떠난 날이었다.

평일 조용한 낮, 우리 집 현관문을 닫는 소
리만 울리는 복도를 지나,

엘리베이터 호출 버튼을 누르자 거실에서
잠든 우를 다신 만날 수 없을 것만 같았다.

지금이라도 여행을 취소할까 했지만 너무
바보 꼬맹이 같은 생각이라 그만두었다.

이동하는 도중 휴대폰을 잃어버려서 호텔
방에 비치된 전화기로 우에게 도착을 알려
야 했다.

수화기를 통해 들려오는 우의 목소리는 옆

에서 듣는 것보다 훨씬 낮게 들렸다.

너 목소리가 이상해.

창밖에 뭐가 보여? 우가 물었다.
산, 끝없는 산. 내가 대답했다.
바다는 안 보여? 우가 또 물었다.
응, 여긴 물이 없어. 내가 대답했다.
우는 고요해졌다.

우야, 호텔 전화기로 통화하니까 꼭 90년대 사람들 같다.
라고 말하자 우는 조금 웃었다.

전화를 끊고 나자 무얼 해야 할지 알 수 없어졌다.
다만 침대에 누워 천장을 오래 바라보았다.
저 위에도 내 방과 꼭 같은 방이 하나 더 있는 거겠지?

창밖에는 우에게 말한 것처럼 초록색 산이
끝없이 펼쳐져 있었다.
우가 없구나 여기엔.

뭍으로 밀려난 물고기가 된 것 같아.
서럽고 자유로워.

우의 얼굴이 기억나지 않았다.

11

“우”

우는 자신의 이름을 소리내어 불러본다.
받침이 없어 부르는 순간 아주 먼 데까지
이어질 것만 같은 동그란 소리.
입을 다물고 나면 쓸쓸해지는 단출한 이름.

우는 이름 알려주기를 싫어했다.
듣는 사람 대부분이 다시 되물어 왔다.
“네? 다시 한 번 말씀해 주시겠어요?”
“나는 우예요.”

그래도 우를 부르면 그게 누구든 우는 완전
히 그 사람을 향해 돌아보았다.
한없이 반갑고 기쁜 마음으로.
우의 이름이 소리로 닿는 것을 우는 좋아했다.

우야, 하고 부르는 것은 나뿐이었다.
모두 우를 "저기 우"라든지,
다만 "우"라고 불렀으니까.
내가 "우야" 하고 우를 부르면 우는 늘 자신
의 이름을 처음 듣는 것 같은 얼굴을 했다.

내가 우야 할 때 말야.
야- 이쯤에서 입이 활짝 벌어지는 게 좋아.
그건 내가 너를 부르고 나면, 너는 언제나 그
끝에 웃었기 때문일까?

어느 날 우가 물었다.

우야. 네 이름은 삼키지 않아도 돼서 좋아.
부르는 만큼 전부 바깥으로 나가거든.

내 이름은 부르고 나면 영영 끝난 이름 같
은데,
우야- 하면 부르자마자 기뻐져.
뱉는 전부가 소리가 되는 게 기뻐.
그래서 매번 웃었나 봐.

"우"

우는 자신의 이름을 이젠 잘 모르겠다고 생
각했다.
부르고 나자 울음이 차올라 꿀꺽 삼켜야 했
기 때문이다.

12

남은 것들만 남은 자리 그 옛날 거기에
하나의 잔해가 있어 검은 어둠 속에서
때때로 빛을 발했다.
-사뮈엘 베케트

산으로 둘러싸인 호텔은 아침부터 밤까지
내내 고요했다.
너무 적막해서 나의 모든 동작이 크게 느껴
지는 곳.

꿈을 꿨다. 작은 둔덕이 나오는 꿈이었다.
평지도 언덕도 아닌 애매한 높이로 봉긋 솟

아오른 것이 앞에 있어.
이런 걸 뭐라고 부르더라,
하고 한참을 생각하다 꿈속의 우에게 물었다.
"이건 둔덕이지. 애써 오르진 않지만 어쨌
든 발은 조금 더 높이 들어야 해."
우리는 꽤 오래 둔덕을 앞에 두고 그것의 모
호한 높이와 시시하고 초라한 경사에 대해
이야기했다.

깨어나니 우는 없었다.
당연하지, 여긴 여행지인걸.

조식을 먹고 호텔 근처를 산책했다.
새 몇 마리가 다른 봉우리를 향해 무리를 지
어 날아가고 있었다.
시야에서 완전히 그들이 사라질 때까지 나
는 하늘을 보았다.
아침 안개 때문에 근처에 물이 없는데도 공
기가 습했다.

방에 돌아가면 우에게 전화해야지.
꿈속에 당연하다는 듯 네가 있었다고 말해
줘야지.

올라가기 전 호텔에서 운영하는 미술관에
들렀다.
전시는 어쩐지 뒤죽박죽이었지만 수장고에
대한 다큐멘터리가 재미있었다.
그리고 어이없을 만큼 커다란 구조물들.

엘리베이터에 타고 7층까지 실려 가는 동안
조금 전 봤던 다큐멘터리를 떠올렸다.
습도와 온도를 엄격하게 맞추어 관리하는 방.
묻혀 있다가 세상에 나온 귀한 것들.
두껍고 열기 힘든 철문.
왜 난 우가 거기 있을 거 같다고 생각했을까.

방으로 돌아와선 전화를 걸지 않았다.
대신 우야- 하고 이름을 불러보았다.

우는 여전히 없었다.

13

나도 꼬리가 있음 말고 잤을까?
우가 고양이를 보며 생각했다.

무덤은 계속 돌봐 달라고 만드는 걸까
우가 오래된 무덤 앞을 지나며 생각했다.

우리가 살아야 할 세상에
우리가 함께 산다면 멋지지 않을까?
우는 빈 여행 가방을 보고 비치 보이스의
노래 가사를 생각했다.

정글짐을 영원히 이으면 다리가 되는 게 아

닐까?
우가 아무도 오지 않는 놀이터를 지나며 생
각했다.

사탕은 녹지 않으면 의미가 없는 게 아닐까?
우가 쓰레기통을 비우며 생각했다.

이 세상에서 사람이 모두 사라지면 나무는
하늘까지 자라게 될까?
우가 산책을 갈 수 없을 정도로 졸렸던 날
차를 끓이며 생각했다.

부드러운 것은 처음부터 그렇게 다정했을까?
우가 새 비누를 고르며 생각했다.

카펫의 무늬는 왜 누우면 다르게 보이는 걸까?
우가 소파 밑에 굴러들어간 털공을 꺼내며
생각했다.

눈물이 이대로 멎지 않으면 아주 많이 고이

게 되는 걸까?

밟으면 첨벙 소리가 울릴 만큼 이 방에 고이는 걸까?

우는 누구에게도 묻지 않고 너무 많은 것을 생각했다.

14

이제는 볼 수 없는 친구가 꿈에 나왔다.

친구는 나를 기다리고 있었다고 했다.
빛으로 나아가는 나를 응원하고 저주하면서
그런데 이젠 다 싫다고 정말 지쳤다고 말했다.
내가 어디에 있든 더는 기다리지 않을 거라
고 말하고는 횡단보도를 건너 사라져버렸다.

울며 깨어나 우에게 물었다.
영영 돌아올 수 없는 것들을 등지고 나아가
는 건 나쁜 거야?

우가 말했다.

네가 돌아봤기 때문에 나는 너를 만날 수 있었어.

이쪽으로 왔기 때문에, 내가 여기 있었기 때문에 우리가 만날 수 있었어.

여기엔 고양이도 있고 바다도 있잖아.

너는 그냥 여기로 온 거야.

그럼 우가 날 구한 거야? 내가 물었다.

아니야.

네가 그렇게 하기로 한 거야.

너를 위해서 볕이 드는 곳으로 와서 몸을 녹이고 따뜻함에 잠들고 그런 거야.

언젠가, 네가 여기서 돌아서서 다른 곳으로 향한다고 해도,

나는 너를 슬퍼하지 않을 거야.

너를 생각하면 웃음이 날 거야.

언제든 떠올리면 웃음이 나도록,

너는 그렇게 여기에 있었으니까.
내내 소중했으니까.

나는 우의 말을 알 것 같다가도 영원히 알
고 싶지 않다고 생각했다.

우는 강하구나.
눈물도 마음도 분명하구나.
우가 어느 때보다 멀리 있고 희미한 사람처
럼 느껴졌다.

15

오오
울 것만 같아요
날씨는 맑아요
쿨피스는 미지근해요
파도는 멀리 있어요

오오

나는 지쳤으니까
버스에서 잘래요
침대는 너무 멀리 있어요

아아

당신은 물었죠
언제 날이 개냐고

아아
흐린 게 좋다고는 말하지 못하겠어요
가까이 있는
너의 얼굴만이 잘 보인다면
다 된 것 아닌가요

오오
나는 지쳤으니까
이제 그만 걸을래요
그냥 멈춰서 다 까먹을래요
_ 도도도 1집 수록곡 "베개"

우가 매일 흥얼거리는 노래를 나도 금세 좋
아하게 되었다.
매일같이 듣다가 도도도의 콘서트에 가게
된 날은 정말 신이 났다.
아침 일찍 일어나서 거실을 빙글빙글 돌며

함께 노래를 불렀다.

'오오- 나 - 는 지쳤으니까- 이제 그- 만 걸을래요 / 그 - 냥 멈춰 서서 다 -까-먹을래-요오'

우가 노래를 부르다가 우뚝 멈추어 섰다.

잠깐만. 잠깐만. 노래를 멈춰 봐.

콘서트가 끝나면 쓸쓸해질까?

무대에서 밴드가 사라지며 또 만나요- 하고 작별 인사를 하면 말이야.

아, 아니야. 쓸쓸하다가도 기쁠 거야 떠올릴 때마다 기쁠 거야.

나는 도도도가 노래를 부르는 내내 우의 손을 꼭 잡고 있었다.

연주에 맞게 모양과 색이 바뀌는, 화려한 무대 조명 아래 우의 옆모습을 바라보면서

우가 무언가를 제대로 듣고 바라보는 옆얼굴을 절대 잊어버리고 싶지 않다고 생각했다.

도도도의 작별 인사는 하나도 슬프지 않고
유쾌했다.
돌아가는 길에도 우리는 노래를 부를 수 있
었다.

16

우를 만나기 전의 내가 잘 기억나지 않는다.

나는 그냥 커다란 구멍이었던 것 같다.
다만 지나치는 이들은 알 수 없는, 고개를
조금 비틀어야 보이는 곳에 있는 구멍.
목이 기운 사람들, 짐승들, 꺾어 부는 바람
만이 안으로 나들었다.
이상하고 애매한 곳에 홀로 오랫동안 뻥 뚫
려 있었다.

우가 말없이 글만 쓰던 때 나는 정물들을
그렸다.

맘속으로 방을 훑어 나가다 중지 버튼을
누르면 보일 만한 장면들을,
하나씩, 오랜 시간을 들여서 그렸다.

우의 머리칼은 그 무렵 목덜미를 다 덮을
정도로 자랐다.
우야, 하고 부르면 나를 바라보긴 했지만
머리칼에 늘 얼굴이 반쯤 가려져 있었다.
머리칼을 넘기는 대신 우는 고개를 꺾어 나
를 보았다.
우의 얇은 머리카락이 장막처럼 비스듬하
게 우의 얼굴 곁으로 늘어지면 나는 몹시
슬퍼졌다.

2년 후 집을 비울 때, 소파 밑에서 발견한
쪽지에 우가 쓰던 글(시인지 가사인지 아직
도 모른다)의 일부분이 남아 있었다.

나는 가라앉지 않아요
텅 비어서 가라앉지 않아

응. 파도도 물결도 무섭지 않아요
오래 떠밀려 닿은 곳에는
너의

짐이 다 나가고 텅 빈 서향집에는 묻어날
듯 진한 노을빛이 들었다.
나는 절대 그릴 수 없던 분홍색.
우는 쓸 수 있었겠지.
우는 우니까.

17

우리가 어떤 붕괴 하나를 걱정할 때 말이에요
구조와 조직과 그것들의 유연하지 않음을,
시멘트의 단단함을 조금 상상해 볼 때 말이
에요
그때 알아낸 것은 지금 어디에 있는 걸까요-
미장이 같은 마음으로 염려했던 것들은 다
어디로 사라진 걸까요-
_ 도도도 보컬 사라의 은퇴 전 마지막 블로그 글

우야, 내가 실제로 작용해서,
곤란한 것들, 슬픈 것들, 화를 일게 하는 것
들에 복수할 수 있다면,

그렇게 할까? 감정은 장전하는 건가?

창밖을 바라보는 우를 나 역시 바라보면서,
저 애를 영영 잊어버리는 상상을 했다.

우는 고양이 정수기 앞에서 '고양이'한테
말을 걸고 있다.
이것 봐 여기서 물이 나오면, 튤립 모양의
자기를 타고 아래로 흐르거나 고이면, 마시
는 거야.
원하는 만큼 꿀꺽꿀꺽 마시는 거야.
몸을 숙여 물을 마시는 흉내를 내면서.

우야- 부르자 우는 나를 향해 몸을 돌렸다.
우는 우처럼 늘 그렇게 한다.
우는 우니까.

고양이도 우도 계속되는 거면 좋을 텐데.
내가 말하자 우가 고양이를 쳐다보았다.

너를 떠올릴, 나를 떠올리는 사람이 모두
사라질 때까지,
우리는 계속된다고 그랬지 –
나는 그 말을 좋아해.

우가 말했다.

그 말을 믿고 있어? 내가 물었다.
우가 대답했다.

좋아해.

18

우가 나에게 주고 싶어 하는 것:

따뜻하고 부드러운 잠옷

이상한 건물 앞을 지나가다 받은 사탕목걸이

와인 잔

장미 향 종이비누

철거한 목욕탕에서 주워온 윤이 나는 분홍

색 타일 조각

고양이 간식과 장난감

시집

돌고래 목걸이

머리끈(내가 매일 잃어버리므로)

연필깎이

종이 냄새가 나는 향수

쥐고 있으면 점점 따뜻해지는 유리구슬

19

결국은 어디서부턴가 다들 아름다워서 나
는 슬퍼지고 기뻐하고 미워하고 그래요.
2/5

누군가 나를 보고 싶다고 하면 나는 보러
오라고 하고 싶어요.
참외를 깎아주거나 맥주를 꺼내주거나 옆
에 앉아보라고 하고 싶어요.
2/12

가끔은 빨리빨리 닳아서 모조리 없어지면
좋겠다고 생각해요.

없던 일처럼 없으면 좋겠어요.

2/19

저요? 음. 저는 해초 같아요. (웃음소리)
뭍으로 흘러나와 버린 해초요.
제가 예전에 무척 좋아했던 사람이 있는데,
그 사람은 제가 없을 때 파도 땜에 밀려난
물고기 같았대요. 자기 자신이.
그런데 저는 해초 같아요. 물고기처럼 물에
서 자유로이 이동할 수는 없었지만요.
바다 거기서부터, 늘 넘치고 아주 큰 단위
에서 떨어져 나왔지만 계속 물결에 간섭받
고 있어요.
모래사장의 물기에, 아주 조금의 수분에도
계속해서요.
그렇게 있다가 어느 날 휩쓸려 다시 바다로
흘러들 수도 있겠죠.
그건 살아 있는 건가요?

2/26

안전함에, 상냥함에나 울고 싶지.
슬픈 일 때문에는 울고 싶지 않아요.
3/19

우의 내담 녹취록 중에서.

20

우 없이 지낸 지 3년이 되었다.

생활이 규칙적으로 변할수록,
동요가 줄어들수록
같은 세기로, 속도로 몸 한구석의 공동이
커져 갔다.
아무 데서나 아무 때에 잠들고 제대로 먹을
줄 몰랐던 내가 더 아름다웠던 것 같아.
아니지만. 정말 아니지만.

사는 것은 이렇다.
이상한 신호와 기호들.

기어이 이어붙이지만 완성되지 않는 불완

전한 모양.

그러나 우는.

우는 우.

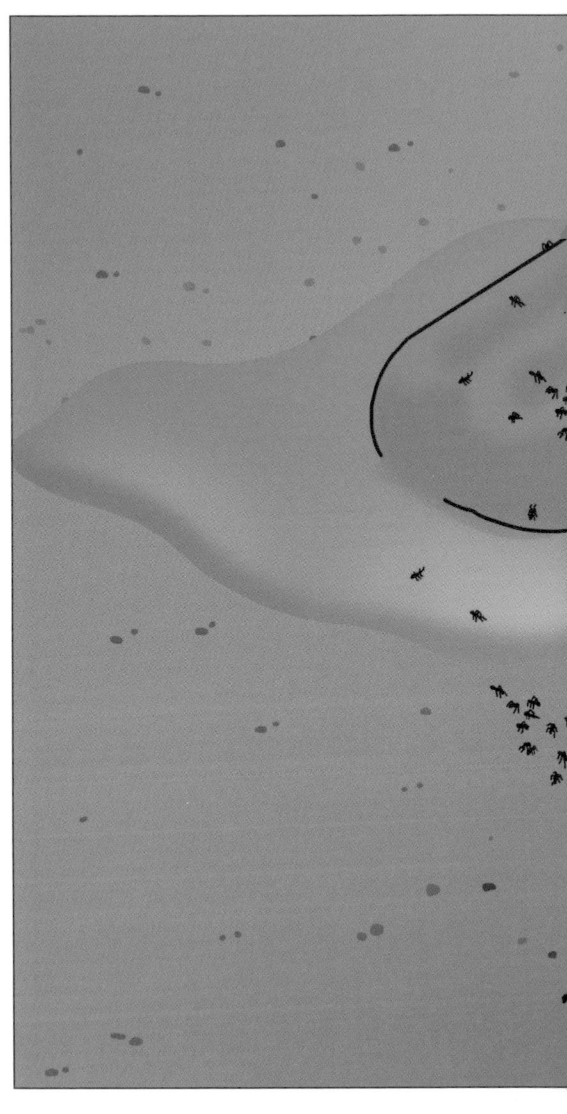

Chapter 2

21

날이 점점 추워지고 있어.
네 말대로 난 따뜻하게 입는 법을 모르나 봐.
추우면 그저 소매를 늘려 시린 손을 감출
뿐이야.
그리고 도착할 때까지 소매 끝을 꽉 쥐고
있어.

문을 열고 들어가면 따뜻할 게 분명할 곳으
로 우린 이동하잖니.

언제까지 그 온도를 믿고 나아갈 수 있는
걸까.

언 손이 곧 녹으리라는 것을
따뜻한 물에 몸을 씻어내고 나면 잠이 쏟아
지리라는 것을.
언제까지 안심하며 확인할 수 있을까.

오랜만에 꺼낸 신발에서 전에 너와 살던 곳
의 현관 타일 조각이 떨어져 나왔어.
고양이가 화분을 떨어트렸던 날 튕겨 들어
간 것 같아.

사포를 사 와서 뾰족한 부분을 갉아내고 오
래 쥐고 있었어.
체온이 있음 뭐든 데울 수 있다는 걸 생각
해 내기 위해서.
차고 시린 건 잠깐일 거야.

나는 너를 잊어버리고 싶지 않아.
정말로 너를 잊어버리고 싶지 않아.

너의 우가.

22

내가 떠들던 곳은 폐허가 맞았다
어느 때는 이런 비유가 너무 거창해 수치스
러운 적이 있었지만,
지금은 그것이 분명히 폐허였노라고 말할
수 있다
무력이 모든 구획을 휩쓸고, 견고함을 가장
했던 것들에게 보복했다
그러나 거기엔 어떤 악의도 없었고 그것이
더욱 남은 존재를 처참케 했다
원망이나 미움 같은, 무언가를 잃은 사람들
에게 권리처럼 베풀어지던 통념들까지 남
김없이 앗아갔다

이제 내가 가진 것은 시선뿐이다
말뚝, 뼈대, 조각들
한때 나의 무게를 기꺼이 감당하던 것들의
상실을 보아야만 한다
- 물리학자 사라 밀러의 연구실에서 발견한 글

회사에서 무료로 나누어주는 신문에 실린,
어느 날 갑자기 사라진 천재 물리학자가 남
긴 글을 보고 몹시 이상한 기분이 되었다.
나는 어디선가 이 이름을 본 적이 있다.

사 - 라
아주 잘 알던 이름 같은데

분갈이를 할 때가 된 화분이 있어 동네 꽃
집에 들러 흙 두 포대를 샀다.
늦은 시간이라 손님은 나밖에 없었다.
라디오에서는 흘러간 명곡을 구세대 가수
가 신세대 아이돌에게 소개하는 코너가 진
행되고 있었다.

“이거 혼자 들고 갈 수 있겠어요?”
주인이 물었다.
“네 그냥 봉투를 두 번 겹쳐서 담아 주심 될
것 같아요.”
“그래도 이거 잘못 들고 가다간 터질 수도
있거든요.”
“괜찮아요, 집이 가까워요.”
“그럼 잠깐 기다리세요.”

입구에 비치된 작은 화분들을 구경하며 기
다리는데 라디오에서 익숙한 곡이
진행자의 멘트와 함께 흘러나왔다.

오오 울 것만 같아요 날씨는 맑아요 쿨피스
는 미지근해요 파도는 멀리 있어요
자. 이 곡 제가 정말 좋아하는 곡입니다.
도도도의 데뷔 앨범 타이틀곡이죠. 베개.
함께 들으시죠.

우.

우였다. 내가 잊었던 이름은.

23

우가 두렵다고 했던 것
낮잠을 자고 일어났을 때 집이 어두워져 있
는 것
고양이가 한참 잠을 자는 것
내가 그림을 그리지 않는 것
바다가 어는 것
눈을 감았을 때 내 얼굴이 금세 떠오르지
않는 것
구급차 소리가 오래도록 멀어지지 않는 것
너무 많은 생각을 하는 것
주머니가 없는 옷

우가 두렵지 않다고 했던 것

빈자리

무례한 사람

오래 혼자 남는 것

무거운 가방

차가운 손

뾰족한 조각들

고요

24

우야, 나는 나를 없앨 수 없나 봐.

기왕 살아야 한다면 행복해지려고 해보면
좋겠지.
애를 써서 살아내보려고 하면 좋겠지.

우야. 그냥 조금씩 닳게 하자.
닳게 해서 낡고 오래된 것이 되자.

뾰족해졌다가 뭉툭해졌다가
물성이 없어진 것처럼 무례해졌다가
나중엔 아름답자.

그러다 아름다운 것에 또 실패하자.

우야. 바다 보러 갈까? 우에게 물었다.
나, 여름을 기다리고 있어. 우가 말했다.
여름을? 왜?

날이 더워지고 볕이 길어지면 사람들은 물
을 떠올리잖아.
그런 사람들 곁에 있고 싶어.
해가 높이 떠서 그림자가 거대해질 때,
바싹 마른 바닥을 보면서 아- 바다에 가고
싶다.
그런 생각을 하다가 쉽게 출발하는 사람들
을 보고 싶어.

우야, 나는 겨울 바다가 좋아.
수평선이 없는 까만 밤바다가 좋아.
파도 소리만 들리고 사람들은 모두 천천히
걸어.

그럼 여름에도 겨울에도 우린 바다에 가면
되겠다.
우가 먼 곳을 보며 말했다.

25

우랑 가장 최초의 기억에 대해 이야기했다.

나는 가족들이랑 다 같이 외식하러 나갔는
데, 어린이날인가 그랬어.
밥을 다 먹고 나오니까 카운터에서 병아리
모양 저금통을 줬거든.
눈도 부리도 스티커로 되어 있는, 엄청 조
악하고 가벼운 노란색 플라스틱 저금통.
동전을 넣으려면 직접 홈 부분을 칼로 도려
내야 했는데 할 수 없었어.
왜냐면 병아리잖아. 매일 안고 잤어.

언제까지 병아리로 있었어?

초등학교 입학하고 준비물이 저금통일 때 구멍을 내서 가져갔어.

사물함 위에 이름표를 붙여서 올려놓고 온 날은 아무렇지 않았는데

아주 나중에- 6학년이 돼서야 슬퍼졌어.

동네 형아가 세발자전거에 날 태우고 쌩쌩 밀어줬어.

우가 이야길 시작했다.

한쪽 발은 발판에 두고 한쪽 발은 계속 땅을 구르면서 빠르게 빠르게 달려줬어.

슈퍼도 우리 집도 순식간에 지나치는 게 신났어.

동네는 휙휙 없어지는데 형 얼굴은 너무 분명하게 보여서 이상했어.

우야, 재밌어? 이렇게 활짝 웃으면서 몇 번이나 물어봤어.

그래서 바람의 모양을 누가 떠올리라고 하

면 그 형의 얼굴이 눈앞에 생겨나.

바람은 이렇게 환하고 빠른 건가 보다 그랬
어.

그런데 아주 나중에 슬퍼졌단 말이야.

무척 너 같다.

우도 우 같아. 내가 이어 말하자 우가 손을
잡아주었다.

우리는 정말 완전하다. 그렇지?

우가 말했다.

26

우랑 나눈 문자 메시지

- : 나

* : 우

1) 소금빵을 사가지고 돌아가던 날

- 버스 기다리는 중.

* (버스 이모티콘, 다람쥐 이모티콘)

- 소금빵이랑 같이 탑승할 예정.

* (하트 이모티콘 네 개)

2) 내가 혼자 여행을 떠난 지 사흘째 되던 날

* 푹 잤어?

- 응. 푹 잤어. 호텔 아침 먹었어 ㅋㅋ

* 뭐 먹었어? 빵?

- 응. 빵이랑 버터랑 블루베리잼이랑 시금
치수프

* 이제 뭐 할 거야?

- 산책.

* (나무 이모티콘 열 개)

3) 잘 기억나지 않는 날

- 미안해.

* (입력 중...)

- 정말 미안해 우야.

* (입력 중...)

* 괜찮아. 이리로 다시 와.

4) 일하던 가게 폐업한 날

- 한 시간 후면 끝나. 사장님 어제 울었나 봐.

* 넌 기분 어때?

- 모르겠어. 아직. 졸고 싶어. 피곤해.

* 알겠어. 갈게.

- 응. 우야. 고마워.

* 응. 나도 고마워.

27

우와 나의 오렌지빛 바다 꿈을 꿨다.

바다는 아주 천천히 움직이고 있었고 바위들은 파도에 깎여나가지 않아 커다랬다.

한참을 기다려야 몹시 작은 파도가 발을 조용히 적실 뿐인 얌전한 해변.

아주 오랜 세월 나는 그 바다 앞에 앉아 있었고, 집에 돌아왔을 때는 몸이 다 젖어 있었다.

누군가 피워놓고 간 모닥불 앞에서 입고 있던 옷의 물기를 짜내며

울고 싶을 때마다 바다 그림을 그렸다는 사실을 기억해냈다.

기억은 바닥으로 조르르 떨어지고 곧 열기
에 말라 사라졌다.

우는 언제나 내가 망가졌다고 느끼는 틈을
성실하게 보수했다.
울고 있으면 따뜻하고 향이 좋은 차를 내어
주었고,
입을 다물고 있으면 옆에서 다만 기다려주
었다.

우야, 너는 나를 돌보는 거야?
아니. 나는 그냥 여기에 있는 거야.
우가 대답했다.

과거에 남아 있는 우의 기억을 오려내서 나
의 남은 생에 전부 기우고 싶었다.
우에게 배운 것을 우에게 다 해주고 싶어.

우야,
나는 너를 잃어버리고 싶지 않아.

정말 잃어버리고 싶지 않아.

28

우가 생각하는 동그라미는 관람차

우가 생각하는 차가운 것은 벽

우가 생각하는 밝은 것은 바다

우가 생각하는 어두운 것은 그림자

우가 생각하는 슬픈 것은 고양이

우가 생각하는 아름다운 것은 고양이, 나,
내 그림

우가 생각하는 그리운 것은 꿈에서 잠을 잤
던 방

우가 생각하는 두려운 것은 움직이지 않는
대부분의 것

우가 생각하는 따뜻한 것은 우의 손

우가 생각하는 부드러운 것은 나의 손

우가 생각하는 재미있는 일은 코인 세탁방
에 가는 것
우가 생각하는 괴로운 일은 침대 밑으로 굴
러들어간 물건을 잊어버리는 것
우가 생각하는 슬픈 일은 아무것도 기억하
지 않는 것

우가 생각하는 가여운 것은 버려진 의자
우가 생각하는 영원한 것은 노을
우가 생각하는 오래된 것은 애정
우가 생각하는 영원하지 않은 것은 사랑

29

우가 표구집에 같이 가자고 했다.

그림 그렸어? 액자는 왜 하려구? 내가 물
었다.
너한테 주고 싶은 게 있는데 찢어지거나 젖
을까 봐 겁이 나서.

일주일 후 집으로 배달된 작은 분홍빛 액자
에는 이런 게 들어 있었다.

20XX.X.XX 21:09
MOLGA BAKERY

소금빵 1 - 3,200₩

오늘도 몰가 제과점을 찾아주셔서 감사합니다.
우리 제과점에는 행복을 위해 내려오는 지혜의 말이 있답니다.

1. 안전한 곳에 닿으려는 자신을 나약하다 생각하지 말라
2. 새로 내린 눈을 만져보고 싶으면 언제든지 그렇게 하라
3. 하늘을 가르는 새가 아예 보이지 않을 때까지
보고 있고 싶다면 그렇게 하라
4. 모든 것이 단단하고 너무 두텁게 느껴진다면
갓 구운 페스츄리를 좋아하는 접시에 올려놓고 천천히 먹어보라
이 세상 대부분의 것은 연약한 낱장들로 이루어져 있다
5. 눈물은 전부 흐르도록 두어라
6. 만족할 때까지 충분히 스스로를 돌보라

그럼 여러분의 아름다운 얼굴을 또 뵙는 날 고대하고 있겠습니다.

♣

여긴 매일 영수증이 길어서 재미있는 곳이
야. 그치? 우가 말했다.

우리는 제과점의 행복 전언을 부엌에 두고
자주 소리 내어 읽어 보았다.

나란히 액자 앞에 서서 지혜의 말을 하나씩
읽으며,
모든 것이 옳은 방향으로 이루어지리라는
걸 함께 믿기로 했다.

30

"우린 어쩔 수 없이 아름다워."

교활하고 비겁하고 악랄한 사람도, 선하고
유연하고 아름다운 사람도
모두 어느 어머니로부터, 세포로서 최초로
발현된다는 사실이 문득 이상해.
열 달 동안 양수에 몸을 담그고 있다가 분
리되어
저마다의 한없이 좁은 세계관 안에서 자라
난다.
그러다 엄마와 떨어져 걷는다.
음식을 스스로 집어먹는다.

도둑질을 배운다.
거짓말을 한다.
누군갈 사랑하고 이별하고 섹스하고 자해
하기도 한다. 어째서지?

아주 작게 태어난 세계가 끝을 겨누며 멋대
로 늘어날 때,
그 혼란 사이에서 우는 원래 우로 태어난
것처럼 있었다.

우야, 너는 남고 싶어?
모든 것들이 최초부터 없던 것처럼 없어져
도 너는 그대로 남고 싶어?
우에게 물었다.

모르겠어.
너도 고양이도 사라진 곳에서 나는 어떻게
있어야 하는지 배우질 못했어.
그런데 너의 질문이 없어지고 싶냐는 의미
랑 같다면 그건 아니야.

가능하면 오래, 내가 만날 수 있던 모든 것
을 기억하고 싶어.
그림으로 그리고 글로 적고 노래를 만들어
불러보고 싶어.
내가 너희들을 만날 수 있을 때까지 여기에
남아서
이 세상에서 가장 오래된 것보다 더 오래
우리를 만나고 싶어.

우가 대답했다.

31

우의 꿈을 꿨다.

그 애는 내 꿈에 나올 때마다 어딘가를 건너고 있다.

너머에서. 너머로만 움직이는 사람으로 태어난 것처럼 그것이 숙명인 듯 자못 초연히 굴었고,

나는 언제나 장례에 참석한 사람처럼 울고 있었다.

절실한 마음으로 그 애의 이름을 부르다가도 깨어나면 아— 꿈이었구나 하고 일어나 할 일을 해나갔다.

그런, 매정하리만치 넓은 간극이 생겨났다.

점점 비현실이 되어갔다.

시간이 흘렀기 때문인 건지. 나의 의식이 그 애로부터 가시기 시작한 건지 알 수 없었다.

파란 원피스를 입고 서울에 나갔다.

잘 어울린다는 칭찬과 함께 사진을 몇 장 찍혔다.

이상하게 웃고 있거나, 이상하게 웃는다는 걸 깨닫고, 진짜로 웃어버리는 사진이 대부분이었다.

친한 언니가 드뷔시 사진이 핸드폰 케이스에 끼워져 있는 것을 보고 "꼭 닮은 것을 좋아하네" 그랬다.

아름답고 빛이 떨어지는 것 같은 느낌이잖아—

네가 그렸던 바다처럼

우가 아닌데도 내 그림을 아름답다고 해주는 사람들이 있다는 것이

나는 오래도록 이상했다.

일과를 마치고는 지치고 배고파 집까지 택
시를 탔다.
우는 왜 울지 않았을까? 계속 생각하면서.

우에게 일어나고 있던 많은 일들은 나와 아
주 가까이 있는 것 같다가도,
순식간에 멀어졌다.

우가 어디선가
언제나 건너편인 곳에서 영원히 사라진 게
아닐까 겁이 나.

32

기뻐- 슬퍼-

입 모양이 비슷해.

우가 말했다.

슬퍼-(입 모양으로) 뭐라고 했게.

내가 물었다.

기뻐- 우가 대답했다.

맞아.

이번엔 우가 나처럼 말했다.

슬퍼-

아니야. 기뻐-

노을이 다 없어지기 전에 케이크를 먹자.
하얀 케이크를 꺼내면 분홍색으로 보일 거
야.
그럼 재밌겠지? 기쁘겠지?
우가 자리에서 일어나며 말했다.

기뻐- 내가 다시 입 모양으로 대답했다.
우는 조금 멈춰서서 나를 보다가,
슬퍼? 하고 물었다.

응.
우가 노을빛에 젖어 분홍색으로 보였다.
분홍색 우는 케이크에 대해선
까먹은 것 같아.

33

꿈을 꿨어.

나는 아주 까만 곳에 있어.

손으로 떠올리면 아무것도 없는데 멀리로

멀리로 자꾸 짙어지고 깊어지는.

그러니까, 바다 같은 거였어.

나아갈수록 깊어지는 바다에서,

이윽고 내 몸이 전부 잠기고 말았을 때

물 안에는 물처럼 보이는 것은 없고 가라앉

은 것들만 뻔뻔한 얼굴로 박혀 있었어.

그렇지만 나는 그렇게 있을 수 없었어.

그래서 열심히 팔을 휘젓고, 휘저어지는 팔

을 보기만 하다가 깨어났어.

깨어나서 본 네 얼굴은 달랐어.
내가 물에서 본 것들과.
평안하다가도 불안해 보였어.
그러다가도 다시 온순해졌어.

거기 있던 것들은 원하는 게 없었어.
어둡고 무거운 물 안에서 너무 오래 있었기
때문에 전부 잊어버린 것 같았어.
내가 원래 무엇이었고, 앞으로 무엇이 되고
싶은지.

근데 네 얼굴은 달랐어, 우야.

너는, 네가 원하는 게 무엇이든 그대로 될
수 있어.
정확하게 네가 원하는 만큼.
지나치지도 모자라지도 않게.

곤히 잠든 우의 얇은 등을 바라보며 편지를
써놓았다.
다음날 편지를 읽은 우가 말했다.
우리는 정말 완전해.

34

우의 크리스마스 쇼핑 목록

1. 딸기 쇼트 케이크 3조각

2. 크리스털 잔

3. 귤 2kg

4. 버터

5. 레몬 2개

6. 담요 2개

7. 필름 1롤

8. 입체카드 3장

우의 크리스마스 소원 목록

1. 나와 고양이와 우의 건강과 평화

2. 31일에 몰가 제과점의 신년 케이크를 살 수 있기를 - 매우 빨리 품절되기 때문에

3. 지금 쓰는 글을 완성하는 것

4. 내가 계속 그림을 그리는 것

5. 바다 근처로 이사 가기

우의 크리스마스 선물 목록

1. 나 : 이불

2. 고양이 : 새 공 7개

3. 옆집 꼬마 : 고양이 산타 열쇠고리

4. 우 : 새 잠옷

35

우와 강을 보고 왔다.
강을 따라 한참 걷다 보면 바다가 나오는
곳이었다.
여긴 파도가 없는 거 보면 여태 강인가?
우가 물었다.
그런가 봐. 아직 조용해.

<지금부터 바다입니다.>

계속해서 강을 지나자
파란색 배경에 노란색으로 글씨를 쓴 안내
판이 보였다.

바다가 시작되는 곳에서는 작은 가판대에
서 비치타월을 팔고 있었다.
부들거리는 천에 야자수 패턴이 프린팅된.
"해수욕하실 건가요?" 점원이 우를 바라
보며 물었다.
"아니요. 그런데 집에 가져가서 덮고 싶어
요."

점원은 분홍색 비닐봉투에 비치타월과 야
자수 모양 아이싱쿠키를 담아주었다.
우는 바다를 향해 걸어가며 도각도각 쿠키
를 베어먹었다.
달고 딱딱해. 우가 말했다.

집에 가져오자마자 비치타월은 뜻밖에 고
양이 차지가 되었다.
소파 위에 깔아놓은 야자수 문양의 타올 위
에서 고양이는 잠을 자기도 하고,
납작하게 앉아 생각에 빠져 있기도 했다.

고양이가 헤어볼을 토해놓아서 우에게 빨래를 부탁하고 아르바이트를 다녀온 날,
어두운 거실에 건조대가 텐트처럼 놓여져 있던 장면이 나는 오래도록 잊히지 않았다.
우가 늦게 귀가하는 나를 위해 켜놓은 작고 동그란 조명은 줄어든 달처럼 보였다.

건조대 밑에 앉아 밤이 깊었지만, 아직 다 마르지 않은 타월의 귀퉁이를 만지자
영영 마르지 않을 것 같은 불안이 닥쳐왔다.
우에게는 영영 말할 수 없는, 우리의 아름다운 생활이 필사적으로 가리고 있는,
잔혹하고 차가운 불확실함이 이제는 내게 보였다.

그것은 약간의 윤곽으로도 아주 공포스러운 것이었다.

36

어제 쓸어낸 먼지 너무 까맣고 무겁나요
오늘 못다 한 빨래 너무 축축하고 슬픈가요

건널목은 천천히 걸을 줄 아는 사람들의 천
국이에요
뒤돌아보면 언제나 아무것도 없대요

어제 먹어본 머랭, 너무 달고 미끄러웠나요
오늘 잊어버린 친구의 얼굴 아, 그래요
여전히 아름다울 거예요

커다란 창문 안의 당신, 비둘기가 보고 지

나갔대요
울고 있었냐고 묻는다면 걔는 고개를 저을
거래요

내일 만나기로 한 사람의 가방 늘 무겁대요
태어날 때 받은 애정, 거기 다 싣고 다닌다
나요

제과점의 싸구려 케이크 위 크리스마스는
영원하대요
설탕으로 굳혀서 베어 물 수 있다나 봐요

아, 오래된 호텔엔 강아지가 숨어든대요
친절한 노신사의 재킷에 묻은 털은 스위스
까지 갔대요

어제 쓸어낸 먼지 너무 까맣고 가벼웠나요
그러나 괜찮아요
이제는 상냥함의 질량을, 그 존재를 믿어보
래요

- 우가 어느 겨울에 적어놓은 글

37

몸을 누이면 빨리 잠들고 싶어.

순식간에 꿈을 꾸고 싶어.

꿈에서 깨어나면 너무 멀리 온 것만 같아.

어디서부터 왔는지도 모르는데,

내가 아는 먼 곳보다 훨씬 더 멀리로 와버린 것 같아.

우가 말했다.

나는 그때 새로 짠 캔버스에 젯소칠을 하고 있었다.

우야, 이쪽 부분 네가 칠해볼래?

붓을 받아든 우는 귀퉁이부터 내가 손을 짚
어준 부분까지,
천천히 하얗고 묽은 젯소를 칠해 나갔다.
우야, 이걸 기억해 줘.
잠에서 깨어나면 우리가 하얗게 만든 것을
기억해 줘.
그러면 괜찮을지도 몰라.
나는 여기에 바다를 그릴 거니까.

우가 잠을 오래 잘수록 불안했다.
깨어나 길을 잃은 것 같은 얼굴을 하고 있
으면 어떡하지-
나는 잘 도착하는 사람이 아닌데.
우가 여기에 있기 때문에, 다만 여기에 있
는 사람으로 살 뿐인데.

하지만 우는 늘 웃어주었다.
바다를 그리는 나를, 꿈에 두고 온 사람보
다 더 사랑했기 때문에.

어느 날은 꿈에서부터 그런 우를 데려오고
싶었다.
그 애가 있는 곳에서 여기까지 내내 같이
있어주고 싶었다.

38

무척 더웠던 여름날, 우는 거의 자지 않았다.
다만 종종 잠들어 있었다가 깨어나며,
베개를 괸다거나 이불을 덮는다거나 하는
잠을 위한 선행 없이
어쩌다 잠들고 이상한 기분으로 눈을 떴다.
예고 없이 겪은 일처럼,
우는 잠을 낯설어했다.

아르바이트하던 곳 사장님이 손님이 없는
시간을 골라,
기타를 조금 가르쳐주어서 보름 정도 한 곡
을 익혀 우에게 들려준 적이 있다.

카포라는 생소한 기구를 끼운 기타를
우는 오래 들여다보았다.

우야 여기 누워 봐.
누워서 들어야 해?
내 연주가 너무 형편없어서 놀랄지도 모르
잖아.
아니면 아름다워서 잠이 올지도 몰라.

우는 바닥에 누워 천장을 바라보았다.
나는 사장님한테 배운 대로 코드를 잡고 천
천히 연주해 나갔다.
삐끗할 때마다 맘대로 곡조를 이어 결국은
엉뚱한 곡을 연주해 버렸지만.

우야, 이 노래는 아주 오래전에 어떤 섬에
살던 남자가 부른 노래래.
그 섬은 되게 작고 아름다웠대.
심장 모양처럼 생긴 호수가 있고
그 주변에서 동물들은

한번 태어나면 늙어 죽을 때까지 살 수 있었대.
별이 너무 많아서 그 사람은 하늘에도 호수가 있는 줄 알았대.
그런 곳에서 만들어진 노래래.

우는 오래 고요했다.
꿈을 꾸는지 눈을 감고 있는지 알 수 없는 모습으로.

39

계속 그릴 수 있다는 건 어떤 마음이야?
우가 물었다.

응? 내가 너무 놀라자 우는 다시 한번 물었다.
그렇게 오래 그리고 싶은 마음은 어떤 거야?

아무도 내게 묻지 않았거나,
물을 수 없었거나,
궁금해하지 않았던 것을 우는 자연스럽게
물었다.
우는 우니까.

늘 포기하고 싶은 거야.

내일은 그만둘래,

여기까지만 하고 내일은 그림 그리는 사람

이 되지 않을래.

그런데 너 같이 아름다운 사람이 나타나면

그리고 마는 거야.

네가 좋다고 했던 것들, 미워하는 것 같은 거.

어느 때는 절대 보여주고 싶지 않은 거야.

너무 분명해서 가혹한 것들은

그림으로 그리면 잊어버릴 수 있어.

쉽게 가짜가 되니까.

없었던 일처럼 다시 만드는 거야.

또 그러다가도 무척 보여주고 싶은 거야.

너에게 혹은 고양이에게.

모두의 모두가 아닌 나의 모두를 위한 거야.

내 그림 앞에 너희 둘을 앉히고 나면 끝없

이 행복해지는 거야.

문득 없애 버리고 싶은 거야.

그릴 수 있을 만큼 좋은 사람이 아닌 것 같

은 때에,

거짓말이길 바랐지만 너무 거짓말 같아서

괴로울 때에,

원하는 만큼 닿지 않을 때에.

결국엔 아무 생각이 없어지는 거야.

그림은 사람 같은 거구나.

우가 말했다.

40

날이 저물 때 말야,
밝아질 때랑 하늘빛이 꼭 같아지는 시점이
있잖아.
그때 찍은 분홍빛 하늘의 사진이 두 장 있
고 누군가에게 하나를 고르라고 한다면,
어떤 사진이 저물거나 밝아지는 중인지 그
사람은 알 수 있을까?

석양일지도 몰라, 동이 트는 걸지도 몰라.
사진을 고르는 사람이 보는 것 말이야.

새벽도 그래서 어느 때는 저녁 같아.

네 숨소리가 들리면 새벽이고
네 말소리가 들리면 저녁인 걸 알 수 있어.
그런데 네가 없으면 새벽이 자꾸 돌아오는
것 같을 거야.
모르는 게 너무 많아질 거야.

우가 말했다.

오오
울 것만 같아요
날씨는 맑아요
쿨피스는 미지
파도는 멀리
오오
나는

Chapter 3

41

42

진이 빠진 채로 사는 게 때론 더 아늑한 것
같죠
어설프게 빈 얼굴로 희미하게 웃는 게 덜
불편할 것 같죠

별이 너무 따뜻하면 겁이 나기도 하죠
차가운 손은 쉬이 데워지지 않는데
머리 꼭대기엔 늘 뜨거운 것이 다정하게 나
를 비추고 있죠

밤거리의 인공 불빛 눈부신 낮보다 더 그리
울 때 있죠

멀리 방 안에 잠든 사랑의 얼굴, 본 적이 있
는 것 같죠
맛있는 식사들 했나 궁금할 때 있죠

어둔 방 귀퉁이엔 바깥에 버리고 온 것이
숨어있을 것 같죠
부드럽고 따뜻한 섬유에 매달려 따라 들어
온 것이겠죠

눕고 싶어요
눕고 싶어요
모든 계절이 전부 사라지고 이불이 성가셔
질 때까지

나는 다만 누워 영원히 평평해지고 싶죠
_ *도도도 1집 수록곡 – 자장가*

봄은 생각보다 빠르게 우리들의 집에 도착
했다.
이제는 빈, 고양이의 침대를 바라보며 등이

따뜻해지는 걸 느끼고 있으면
꽃가루가 날아들어 코가 매워졌다.

얼었던 것들은 이제 없고 잠들었던 동물들
이 당연하단 듯 깨어날 때
우는 길게 자란 머리칼을 짧게 잘랐다.
머리칼을 다듬기 전의 우는 털동물 같았는
데, 지금은 목이 훤한 여름 사람처럼 보였다.

우는 사실 계속 자라고 있는 게 아닐까?
생각하고 있을 때 우가 말을 걸었다.
너무 졸리다. 그치?

43

우가 아르바이트 첫 출근 날 그려준 부적

44

나의 마음은 여기에 없고 옆에 앉은 아주머
니의 종이백 안에. 그 안의 양말 옆에.
우의 뒤에. 파자마 바지에서 풀려 나온 실
오라기 끝에.
그 애가 한 번도 밟지 않았던 바닥 위에.
거기에 있다.

비가 오는 날에는 나의 등이 축축하게 젖
고, 푹신푹신해지고,
우는 거기에 머리를 박고, 나는 콘크리트가
점점 진해지는 것을 본다.

우는 뭐였을까?
어떻게 그렇게 태어났을까?
아주 나중에야 궁금했어.

어느 날 아침에 짧은 잠에서 깨어났을 때,
우가 써 준 편지글의 모든 구절이 기억났다.
한 자도 빠짐없이 전부 떠올랐다.

그 편지는 이렇게 시작한다.

세상이 기우는 편으로 너는 비스듬히 서 있
지만,
나는 반대쪽에서 너를 부르고 있어.
몸을 돌려 이쪽을 바라보는 순간이 무섭지
않도록.
흔들리는 걸음이 영원히 가엾지 않도록.

45

금이 갔지만 버릴 수 없었던 오키나와의 돌
고래 잔과 까먹다가 떨어트린 사탕.

그린이: 우

46

( )에게

안녕, 나는 바다에 와 있어.
백사장에 가만 앉아 시선을 멀리 두면
멀리까지 평평한 바다가 너무 이상해 보여.
그러다가도 아름답다고 생각하지.

넌 겨울이 끝나지 않았음 싶댔지,
여긴 오래도록 여름이었어.
식물들은 푸르고 사람들은 들떠 있어.

오늘은 바람이 많이 불어.

내일은 비가 많이 올 거래.
바람에 옷깃이 흔들리는 소리만이 요란한
데,
한참 있다 보면 되려 고요하게 느껴져.

물은 잘 밀려오고 잘 흩어져.
나는 그걸 계속 보고 있어.
이곳의 노을은, 내가 언젠가 꿈에서 보았던
것과 꼭 같아.

가끔은 깨어나면 울고 있기도 해.
그러면 어김없이 바다로 나가.
평평하고 넓은 물에 내 눈물을 보태는 맘으
로 걷다 보면,
왜 울고 있었는지 잊혀져.

서쪽 해변은 아주 고운 모래 해변인데,
동쪽은 자갈이 잔뜩이야.
집에서는 백사장이 더 가깝지만,
이따금 차를 타고 오래 이동해서 자갈밭에

가기도 해.

네가 언젠가 받아들고 왔던 작은 그릇을 닮은 돌들이 물살을 맞으며 납작하게 있어.

저 돌들 사이에 혹시, 그 그릇이 몸을 숨기고 있는 게 아닐까 생각하면 우스워.

옆집엔 매일 자전거를 타고 다니는 씩씩한 아이가 살아.

자전거의 체인이 어긋나면 우리 집 문을 두드리고 들어와,

네가 그려준 그림 앞에서 한참을 놀다 가곤 해.

그래. 무슨 말을 하려고 했더라. 까먹었다.

아무튼, 나는 이렇게 있어.

집에서 오래 머무는 곳에 네 그림을 두었어.

나는 대개 그 옆에 있어.

너의 우가.

47

<거북이의 초대장>

눈이 많-이 내리는 어느 겨울날 아침이었어요.

쿵쿵쿵-

누군가 우리집 문을 힘차게 두드렸어요.

"안녕하세요! 여기가 ( )댁이 맞습니까?"

문을 열자 커다란 눈사람같이 생긴 하얀 고양

이 집배원이 분홍색 편지봉투를 들고 서 있는 게

아니겠어요?

"네, 그런데 누구시죠?"

"저는 고양이별의 우체부랍니다! 귀하에게 초

대장이 도착했기에 들고 왔답니다!"
고양이 집배원은 몸집만큼 목소리도 아주 컸
어요.
내가 초대장을 받아들자 집배원은 기지개를
쭉- 켜더니 눈밭을 헤치며 멀리로 사라졌어요.

나의 집으로 당신을 초대합니다!
-거북이

초대장은 거북이로부터 온 것이었어요.
거북이는 나와 오래도록 함께 살았던 고양이
의 이름이었어요.
거북이의 이름 밑에는 고양이별에 가는 방법
이 적혀 있었어요.

1. 달고 따뜻한 우유를 한 잔 마시세요.

2. 푹신하고 보드라운 잠옷으로 갈아 입으세요.

3. 있는 힘껏 하품을 하고 기지개를 켜세요!

4. 갑자기 잠에 들어도 다치지 않을 곳에 찬찬히 기대세요!

나는 초대장에 적힌대로 달고 따뜻한 우유를
한 잔 꿀꺽 마시고
옷장에서 가장 부드러운 잠옷을 꺼내어 입었
어요.
입을 크-게 벌려 하품을 한 다음엔 몸을 쭈욱
늘려 기지개를 켰지요.
그리고는 폭신한 카페트 위에 마음을 놓고 비
스듬히 누웠답니다.
그러자 곧 눈이 스르르르 감기고 잠이 마구 쏟
아졌어요.

똑똑똑-
잠에 들기 시작하자 어디선가 다시 문을 두드
리는 소리가 들려왔어요.

그림을 그려 줘.
우가 종이 한가득 써진 글을 내밀며 말했다.
거북이는 우리 고양이의 이름.

48

우는 울고 있다.
방 한가운데서 조용하게.
나는 거실에서 거북이와 우를 기다렸다.

해가 먼 너머로 가라앉고 집이 어두워지기
시작했을 때 우는 방에서 나왔다.
우가 카펫 위에 털썩 주저앉으며 말했다.
아− 힘들었다−

우는 울고 싶은 만큼 울고 나서는,
모든 것이 완료되었고
다 지나간 것처럼 아− 힘들었어− 라고 말했다.

나는 그럴 때마다 우에게 묻고 싶은 것이
많았다.

그 정도면 됐어?
정말 울고 싶은 만큼 운 거야?
어떤 일을 마친 거야?

한 번도 묻지 않았지만,
우가 어쩌면, 그래도 어느 날에는 물어봐 주
길 바라지 않았을까.
나는 왜 묻지 않았을까.

우의 대답으로부터 이어져야 하는 나의 태
도가 어떤 것일지 겁이 나서.
위로도 포옹도 제대로 할 수 없었던 나는,
우가 스스로 울고 나온 뒤의 가벼움에만 반
응할 수 있었으니까.
정말은, 아직 슬플지도 모른다고 생각하면
서도 묻고 싶지 않았던 거야.

가끔은 우의 목소리가 들리는 것 같아.

아— 힘들었어.

나는 우에게 묻는다.

정말 다 울었어? 괴로움이 하나도 남아 있

지 않아?

말을 걸지 않아서 미안해.

그냥 너를 바라보기만 해서 미안해.

우야.

49

먼저 들어가 있어, 케이크를 사올게. 아니면
같이 갈래?
응.

거북이의 장례를 마치고 돌아온 날,
우린 현관문 앞에 잠시 서 있다가 돌연 케이
크를 사러 갔다.
제과점까지는 10분도 안 걸리는 거리였지만,
동네를 빙 돌아 아주 한참 뒤에야 도착했다.

유골함을 든 수상한 연인이 케이크 진열대
에 얼굴을 바짝 붙이고 있는 모습을 떠올리니

이상한 프랑스 영화 같아 잠깐 웃음이 나기
도 했다.
진열대의 조명을 받은 우의 얼굴은 아주 하
얗게 보였다.
케이크를 먹지도 않았는데 크림을 뒤집어
쓴 사람 같잖아.

늘 먹던 쇼트케이크 두 조각과 새로 나온
무스 케이크 한 조각을 사고
집으로 돌아갈 때도 먼 길을 돌기로 했다.

유골함이랑 케이크라니 너무 이상하다.
내가 말하자 우가 그렇지? 하며 웃어주었다.

거북이는 이제 너무 가벼웠다.
이거구나. 이거였구나.
볼 수 없어진다는 것은.
두 팔을 가득 채웠던 부피는 사라지고 떠올
리는 만큼,
그 애의 기억이 닳아 없어질 것 같아 무서워.

우와 나는 동시에 길 한복판에 멈춰서 울어
버렸다.
하나씩 남은 손을 맞잡고.
거북이와 케이크와 함께.

긴 울음이 멎고 새 숨을 들이켤 때
너무 차고 맑은 공기가 낯설게 느껴지면 조
금은 나아질 것 같기도 했다.
우리 셋의 집을 향해 우와 같이 걸어갈 테
니까.

50

산책하고 돌아온 우가 그려 준 그림

51

우와 맞이한 여섯 번째 여름,
늘 한쪽 창을 가리고 있던 두꺼운 커튼을
떼어내자
거실에 세워둔 그림의 색이 달라 보였다.

이젠 얇고 넘실거리는 커튼을 달자. 우가
말했다.
바깥이 늘 서서히 보이도록.
얇은 천 너머를 오래 들여다보며 여름을 날
수 있게.

내겐 늘 여름은 이상한 계절이었다.

너무 덥고, 습하고, 낮이 지나치게 길어도
밤은 더 끔찍한.
어김없이 아픈 꿈을 꾸면 얇은 우의 머리카
락 몇 가닥을 만지면서 다시 잠들었다.

여름볕의 우는 다른 계절보다 아름다웠다.
움직일 때마다 그 애의 머리칼 몇 올이 반
짝-거려.
품이 우스울 정도로 큰 반소매 안의 긴 팔
이 나를 위해 움직일 때,
무언가를 조심스레 옮기는 걸음이 즐거울
때.
나는 우를 더 자세히 보았다.
명랑한 여름의 우를.

바다를 생각해 봐.
잠에 들지 못하자 우가 말했다.
다른 바다 말구, 내가 들려주는 바다를 떠
올려 봐.

조개껍데기 하나 없는 아주 고운 백사장에 네가 있어.

맨발로 어디까지 걸어가든 너의 발은 절대 상처 나지 않을 거야.

바람이 조금 일긴 하지만 기분이 좋아.

네 머리칼이 목 언저리에서 살랑거릴 정도 거든.

바람이 불어오는 쪽으로 고개를 돌리면 무척 파랗고 반짝거리는 바다가 있어.

더 멀리 바라보면 햇빛이, 그야말로 알알이 부서져서 수면이 하얗게 보이는 것 같아.

모든 빛은 귀하고 눈부신 결정처럼 보여.

아, 파도는 얌전해.

자리를 잡고 앉으면 발을 조금씩 적셔올 거야.

졸음이 쏟아져서 고개가 떨구어질 때 찰박하고 조심스레 다가올 거야.

그럼 너는 다시 멀리를 보고 아직도 눈부신 바다에 안심해.

영원히 저물지 않을 것 같은 낮의 해변을

금세 사랑하게 돼.

그리고 눈을 감으면,

고운 잠이 올 거야.

52

우에게

이상한 날이었어.
몇 번이나 넘어질 뻔했는데 결국은 넘어지
지 않았어.
휘청거리다가도 곧 제대로 걸을 수 있었어.
어 또 무슨 일이 있었더라.
늘 들고 다니던 가방이 물에 흠뻑 젖어서
몇 년 동안 안 쓰던 가방을 꺼내야 했어.

거북이의 털, 너의 쪽지, 내가 주려다 까먹
은 그림 조각들이 담겨 있었어.

이런 건 다 조각들이야.

그 집에 살았던 날들이 지금은 믿기지 않아.
나에게 정말 그런 일이 있었던 걸까?
너를 만나고 거북이를 만나고 그림을 그리고
오래 누워 잠을 청했던 시간들이 정말 있었
던 걸까?

낮에 사람들을 만나고 돌아오면,
각자 아는 가장 멋진 것들을 이야기할 때에
나는 너를 떠올려.
하지만 말을 이을 수는 없어.
그냥, 떠올리고 말아.

어떻게 그런 삶을 만들었는지 과거의 나에
게 물어보고 싶어.

일어날 땐 어떤 기분이었어?
새 그림을 그릴 땐 얼마나 기뻤니,
우의 등을 쳐다볼 때 눈물이 고였었니?

옛날이 그립지만 지금은 자유로워.

나는 아주 안전해.

넘어지지 않고 잠도 잘 자.

네가 없기 때문이야.

몸이 기울면 알아채 주는 사람이 없어서,

잠이 오지 않으면 이야기를 해주는 사람이

없어서.

난 튼튼하게 다 자랐어 우야.

53

이웃집 물고기와 물고기의 먹이

그린이: 우

54

우에게 언제나 내가 아름다운 사람이었을 때,
그 애의 시야에만 대강 남겨놓고 온 것들을
다시 기억하려고 애썼다.

창에 맺히는 빗방울을 하나씩 세어보던 뒷
모습,
그림을 다 그리고 나면 반은 울고 반은 웃는
바보 같았을 얼굴,
새로 산 이불 위에 거북이와 어설프게 누워
졸았던 날들.

우가 기억하는 나는 다 그랬다.

우가 바라봤기 때문에, 전부 아름다웠을 것
이다.

구경하게 두지 말고 말해 달라고 할걸.
내가 얼마나 완전했는지.

낙엽이 다 떨어진 바닥엔 밟힌 것들이 다시
밟힐 예정으로 계속, 조금씩, 위치를 변동
당했다.
바닥만큼 납작해도 바닥이 아닌 것들이 널
려 있다.
한참 고개를 숙이고 걸으면서 바닥에 익숙
해지면 우는 생각나지 않는다.

그래도 이 낙엽들,
어떤 이의 밑창에 묻어서 현관께에 도착했
을지도 몰라.
마른 타일 위에서 바삭하게 건조됐을지도
몰라.
그러면 우의 집에도, 거북이의 별에도 닿을

지 몰라.

우야,
나는 가엾지 않아.
계속 애를 쓰고 싶어.

55

우와 몇 해 동안, 모든 계절을 함께 났는데도
우리 둘에겐 여름이랑 겨울밖에 남아 있지
않았던 것처럼 느껴졌다.

포근하고 청명한 날씨는 잘 기억나지 않는다.
무척 덥고, 길이 얼고 지나치게 푸르거나 황
량한 풍경만이 떠올라
심장이 내려앉고 다른 계절의 우를 불러내
려고 애썼다.

한참을 가만히 골몰해 있으면
다행히도 몇몇 장면이 그려지고 우는 내가

잘 모르는 계절에서도 여전히 아름답다.

내내 얼어 있던 동네의 하천이 몇 달 만에
녹아 물 흐르는 소리가 소란했을 때,
우가 거북이 밥을 사러 갔다가 2시간 만에
돌아온 적이 있었다.
왜 이렇게 오래 걸렸어? 물으니

날이 무척 따뜻해졌어 얼어 있던 게 다 녹
았어. 그래서 좀 멀리까지 가게 됐어.
어디까지 녹았는지 궁금해서.
우가 대답했다.

우는 봄을 나보다는 좋아했던 것 같아.
겨울보다 덜 위태롭고 덜 슬퍼했으니까.

어릴 때 심부름을 하러 가는데,
하얀 새끼 강아지가 주인 품에 안겨서 바깥
구경을 나온 거야.
주인이 길게 늘어진 개나리 가지 하나를 강

아지 코에 대주면서,
이게 개나리 냄새야 하고 말해 줬어.
강아지는 작고 검은 코를 막 움직였어.
노랗고 얇은 꽃잎이 콧김에 들썩이는 게 다
보였어.
그래서 오늘처럼 또 오래 걸어버린 거야.
사람들은 시린 날보다 천천히 걸으면서 움
을 틔우는 것들을 발견하고 있었어.

처음으로 우가 낯설다고 생각했다.
나는 보이지 않았다. 길가의 변한 온도들이.
다만 집 안에서 거북이와, 우와, 겨울이 가
는 것과 상관없이 영원히 있고 싶었다.
아무것도 함부로 녹거나 꽃을 피우지 않기
를 바랐다.

56

유리볼에 담긴 자두와 ( )가 버린 자두 씨앗

( )은 여름의 자두를 좋아한다.

뭘 베어 무는 얼굴 중 가장 재미가 없는 얼

굴로 계속 자두를 먹는다.

맛있어? 하고 물으면 응. 이라고 잠시 눈을

또렷하게 뜬다.

난 그 얼굴이 계속 보고 싶어서 늘 자두를
잔뜩 산다.

자두를 씻는 손에 찬물이 닿았다.

더운 날의 시린 물은 이상했다.

( )가 날 부를 때까지 물에 계속 손을 대고
있었다.

투명하고 깊은 유리볼에 깨끗하게 씻은 자
두를 잔뜩 담아 내어가면

( )와 거북이는 엎드려 있다가 서서히 일어
난다.

거북이는 자두를 쥔 ( )의 손의 냄새를 맡아
보고 다시 지루해진다.

물이 많고 껍질이 얇은 열매를 이렇게 잔뜩
먹어내는 사람이 내 연인이라니,

여름의 우리는 서글프지만 때때로 기쁘다.

57

무심코 넘어진 곳이 푹신하면 더 슬퍼져
뒤돌아 부딪힌 사람 다정하면 이젠 화가 나

분홍색 덤프트럭 헤드라이트는 어디까지
닿아
내가 눈을 감고 건널목을 건너는 거 알고
있을지 몰라

모퉁이에서 주운 새 물건들 늘 예쁘게 포장
돼 있어
작은 플라스틱 꽃 떼어내면 덜 버려진 물건
같아

같이 뛰던 사람의 머리칼 너무 길어 어느
담벼락에 몇 가닥 남아 있어
오래된 벽돌 사이에서 풀처럼 자고 있어

왼쪽으로 가야 했는데 오른쪽으로 가고 있
을 때
친척집의 노란 개는 더 크게 짖어
그 소리에 놀란 머리카락들 성글게 굳은 시
멘트 틈으로 모두 사라졌어

바닥에 누워 있던 거울이 어디까지 가냐고
물으면
동그랗고 윤이 나는 초인종을 누르러 간다
고 해
푹신하고 다정한 건 이제 없다고 해
_ 메기의 로드 비 – 박체온 시집《이상한 세계》
중에서

우가 건네준 USB에는 작은 귤 모양의 열쇠
고리가 달려 있었다.

분명 웃는 모습으로 만든 것 같은데.
공정 중에 이상하게 일그러져 반은 웃고 반
은 우는 얼굴이었다.

USB 안에는 낭독 파일이 여러 개 들어 있
었고, 함께 첨부된 메모엔 이렇게 적혀 있
었다.

아주 멀리 가고 싶을 때나,
바깥이 너무 시끄러워 무서울 때나,
졸음이 쏟아질 때 들을 것.
- 우가

58

이렇게 계속 '고양이'라고 불러도 되는 걸까?
우리가 거북이랑 2년쯤 같이 살고 있을 때
우가 말했다.
이름을 지어주고 싶어?

응.
두루, 뭉실이, 쩝쩝이, 쪼식이 이런 건 어때?
음 그런 거 말고 거북이가 좋겠어.
고양이를 거북이라고 부르겠다고?
응. 고양이를 거북이라고 부르면, 자기가 거
북인가보다- 하구서 엄청 오래 살 것 같아.

거북이와 우는 늘 잠을 같이 잤다.
우가 먼저 잠들든, 거북이가 먼저 잠들든
둘의 숨은 어느새 같아졌다.
평화롭게 들썩이는 가슴팍을 보고 있으면
아무것도 상관없다는 마음과 동시에,
모든 것이 두렵다는 생각이 들었다.

우야, 우도 거북이도 내가 없던 곳에서 살
았잖아.
지금은 어떻게 여기에 있는 건지 가끔은 신
기하고 낯설어.
여기서 다 같이 태어난 거면 좋았을 텐데.
자라는 내내 닿아 있었음 좋았을 텐데.

우, 우리가 모르는 사람처럼 살 수도 있었
다고 상상하면 이상하지.
그런데 있잖아 외롭진 않아.
너는 내가 없는 멀리서도 너처럼 있었겠지?
아무리 추워도 날씨가 맑으면 큰 창을 열고
아- 춥고 맑다-!라고 말할 거야.

나도 물론 잘 있었을 거야.

지금처럼 내키는 만큼 걷고, 입을 다물다가도 좋아하는 소리에 몸을 돌리면서.

거북이는 피라미드 옆에서 태어났을지도 몰라.

그래서 오, 이집트의 신인가보다 하고 명랑한 가족이 거두었을지도 몰라.

언제나 많이, 급하게 먹고 벌러덩 누워 잠을 잘 거야.

어디에 있든 우리가, 우리처럼 있었을 거라고 생각하면 난 기뻐.

만날 수 없다는 게 분하다가도 기뻐져.

네가 무언갈 오래 바라보는 그 고운 옆얼굴이 그대로 남아 있을 거란 걸 알아.

59

통조림을 까는 나를 보는 거북이

그린이: 우

FIN

( )에게

넌 가엾지 않아.
너는 튼튼해.
너의 눈에 익은, 마음을 덥혀주는 모든 정
경들은
맺히고 나부끼는 아주 작은 이슬방울 하나
까지 모두 너야.

나를 그 안에 오래 두어 주어서 고마워.
늘 물이 흐르고 태양이 솟아오르고 달콤한
냄새가 났어.

여기에 있는 모든 것들 있잖아.
잔뜩 껴안고 걷거나 실컷 덮고 잠을 자도
늘 남아 있었어.
혹시 모자랄까, 이젠 다 없어졌을까 하고
뒤를 돌면 안고 덮은 만큼 쌓여 있었어.

너는 죽고 나면 착한 유령이 되겠다고 했지.
채 끄지 못한 방의 불을 꺼주고,
차가 식지 않도록 데워주고,
꿈에서 다 그치지 않은 울음이 베개에 닿으
면 화창한 날에 잘 말려주겠다고 그랬지.

우리의 작은 집이 지는 해처럼 붉어질 때는
무서웠어.
밤이 너무 금세 오고 너와 거북이의 윤곽이
흐려지는 것을 견디는 게 서러웠어.
그러다가도 네가 친절한 유령 견습생처럼
옆에 머물러주면 다시 두렵지 않았어.
푹신한 가구마냥 안전해졌어.

난 너를 잊지 않아.
내가 전혀 알 수 없는, 무척이나 멀고 낯선
곳을 향해 간대도 나는 알아.
네가 왜 가야 했는지 말이야.
너는 늘 새 걸음을 망설이지 않잖아.
네가 여는 모든 문이 찬란하고 부드러운 세
계로 이어져 있다는 걸 알고 있으니까.

여긴 앙상하고 차가운 것이 하나도 없어.
내내 울창하고 따뜻해.

( ), 너는 완전해.
네가 지금 보고 있는 것 중 가장 눈부시고
아름다운 것,
어김없이 너야.

닫으며

우를 같이 읽어 주셔서 감사합니다.
받침이 없어 영원히 뻗어나갈 것 같은 이름을
부르고 싶어질 때마다 불러 주세요.
어김없이 돌아볼 우를 떠올리며
안심해 주세요.

신모래

우의 버릇

(C) 신모래

초판 1쇄 인쇄 2026년 3월 25일

—

지은이 신모래
기획 조영훈
편집 조영훈
디자인 희서디자인
마케팅 정호윤, 김민지, 송유경, 김은주, 최서환
펴낸곳 든해
이메일 emsgo2024@gmail.com

ISBN 979-11-24370-20-9(03810)